AF253164

L'INTRIGUE DANS LA RUE

OU

LE PROFESSEUR DE MONTMARTRE,

VAUDEVILLE BOUFFON

EN UN ACTE.

PAR MM MAXIME DE R****, ET DEFRENOY.

Représenté pour la première fois sur le théâtre des Jeunes Élèves, rue de Thionville, le 21 septembre 1805, (4e. jour complémentaire an 13.)

A PARIS,

Chez {
HÉNÉE, Imprimeur, au bas du pont Saint-Michel, n°. 3, ancien logement de feu M. Knapen;
Et le Libraire, sous le vestibule du théâtre Français, rue de la Loi.

AN XIV. — (1805.)

PERSONNAGES.	ACTEURS.

BARBARISMUS, vieux professeur de latin   BASNAGE.
  oncle et tuteur de Victorine.
FLORIVAL, jeune officier, amoureux de   AUGUSTE.
  Victorine.
MELVILLE, amant aimé de Victorine,   LEMONNIER.
M. GRIFFON, notaire.   { ANGOT. VERNET.
VICTORINE.   Mlle. ANNETTE.
Mlle. DE MALTHE, orangère.   Mlle. BARDOUX.

La scène est à Paris.

COUPLET D'ANNONCE.

A I R : *Du vaudeville de Grimou.*

Notre auteur qui n'est pas expert
Craint d'avoir fait quelque bévue :
Car on n'en est pas à couvert
Quand on intrigue dans la rue.
Mais pour finir son embarras,
D'avance donnez-nous parole
Qu'ici vous ne renverrez pas
Son vieux professeur à l'école.

L'INTRIGUE DANS LA RUE
O U
LE PROFESSEUR DE MONTMARTRE.

(*Le théâtre représente une rue. A droite, le pavillon d'une maison appartenant à Florival. A gauche, la maison de Barbarismus, avançant de six pieds sur l'avant-scène; en face du public une grille servant à fermer un bucher. Au-dessus de la grille, la fenêtre de l'appartement de Victorine, dont on voit l'intérieur, (qui doit être fort simple), lorsqu'elle ouvre sa croisée. Deux autres fenêtres de la maison de Barbarismus se voyent obliquement. Au-dessous de la dernière se trouve la porte d'entrée.*)

SCENE PREMIERE.
FLORIVAL, (*sortant de chez lui.*)

Allons, me voilà tout-à-fait éconduit. Barbarismus oncle et tuteur de Victorine, dont la fortune me conviendrait fort, m'a déclaré formellement que je pouvais renoncer à mes prétentions. Melville, mon rival, ne sera pas je le parie, plus heureux que je ne l'ai été; et cependant, si j'en crois les apparences, Victorine le voit d'un œil plus favorable que moi. Ah! Florival, Florival, devrais-tu souffrir que l'on te préférât quelqu'un.

AIR : *Ma captive sera bientôt en ma puissance* (d'Azémia.)

RÉCITATIF.

Victorine à mes feux devrait être sensible,
Et sentir tout le prix de l'offre de mon cœur
Elle ne peut long-temps se montrer inflexible,
De la beauté toujours le français fut vainqueur

ARIETTE.

Amour soutiens ta gloire,
Attendris cette beauté.

Je t'ai soumis tant de cruelles,
Que j'ai le droit de t'implorer :
Charmant amour viens me venger,
Et punis des appas rebelles.

Dieu charmant, quelle volupté,
Si tu remportes la victoire,
Attendris cette beauté,

Oui j'en conviens de ma Victorine
La fortune, elle seule a droit de m'enflammer
Par son argent cette femme divine
Ramène encor mon cœur au doux besoin d'aimer.
Amour etc. etc. etc.

Barbarismus s'approche ; mon rival est avec lui, renouvellons ma demande.

SCÈNE II.

MELVILLE, BARBARISMUS, FLORIVAL.
BARBARISMUS.

Il est inutile, messieurs, que vous m'en parliez davantage. *Volo pacem.*

FLORIVAL.

Parce que vous avez été pendant deux ans maître d'école à Montmartre, vous ne cessez de nous entasser les unes sur les autres, des phrases latines qui souvent n'ont pas le sens commun. **BARBARISMUS.**
Tant mieux.

AIR : *Le temps passé de sa vie.* (Grimou.)

Je suis charmé qu'on me dise
Tu n'as pas le sens commun,
Qui n'a pas cette franchise
Eut toujours le sens commun.
Mon système est très bisarre,
Pour les gens de sens commun,
Quand on est d'un esprit rare
On n'a plus le sens commun.

MELVILLE.

Permettez, mon cher Barbarismus, que nous revenions encor sur la demande que nous venons de vous faire Florival et moi, de la main de votre niece, de la charmante Victorine. FLORIVAL.

Oui, expliquez-nous les motifs de votre refus.

BARBARISMUS.

Vous le voulez?

MELVILLE.

Sans doute. BARBARISMUS.

C'est que j'ai pour elle un parti qui lui convient beau? coup mieux. *Credo ille.*

FLORIVAL.

Qui lui convient mieux? Ah! rendez-moi plus de justice.

AIR : *De la contredanse de Psyché.*

J'ai beaucoup d'esprit
Mon crédit
Me suffit
Pour avoir
Chaque soir
Rendez-vous
Billets doux.
Je fais
Des couplets
Madrigaux
Et rondeaux
Dont par-tout
Chacun vante le goût :
Dans l'art de chanter
Je puis sans me vanter
Passer
Pour exceller
Mon gosier
Est léger,
Je danse à ravir
On me prend pour zéphir
Oui Duport
Aurait tort
Près de moi
Sur ma foi.

J'ai beaucoup d'esprit. etc.

Beauté richesse ,

Talens tendresse

Esprit

Crédit

En ce jour

Mon amour

Les offre tous

Pour devenir l'époux

De celle dont les traits

M'ont blessé pour jamais.

J'ai beaucoup d'esprit, etc.

MELVILLE.

Je n'a point autant de moyens de plaire que Monsieur, mais cependant s'il ne dépendait que de Victorine.

AIR : *Lorsque vous verrez un amant.* (du Jockey.)

A mon amour dans ce moment ,

Se montrerait-elle inflexible

Pour plaire à cet objet charmant

Il ne faut qu'une âme sensible.

Faire le bonheur en tout temps

De qui possède ma tendresse

Voilà quels seraient mes talens

Son amour serait ma richesse.

BARBARISMUS.

Savez-vous bien , Messieurs, que si je n'avais fait un choix pour Victorine ; je serais fort embarrassé de dire lequel de vous deux a le plus de droits à sa main.

MELVILLE.

Ne vaut-il pas mieux en avoir sur le cœur.

BARBARISMUS.

Pas mal, la répartie me plaît. *Habetis ingenium.*

FLORIVAL.

Ne pourrait-on savoir quel est le fortuné mortel que vous destinez à votre charmante pupille.

BARBARISMUS.

Vous serez discrets.

MELVILLE.

Nous vous le promettons.

BARBARISMUS.

Or donc, écoutez-moi.

(7)

Air : *Je vous comprendrai toujours bien.* (de l'Opéra-
Comique.)

Son futur est d'aimable humeur,
Il est gai , de bon caractère ,
De l'âge il est dans la vigueur
Son nom est encor un mystère.
Chacun promet d'être discret
Ce serment sera-t-il durable.

FLORIVAL.

En pouvez-vous douter ?

BARBARISMUS.

Apprenez-donc ,

Que de bien garder un secret
Autant que vous (*bis*) je suis capable.

FLORIVAL. (*à part.*)

Nous sommes pris pour dupes.

BARBARISMUS.

Sans adieu, Messieurs, je vais informer Victorine de vos
demandes , et du nom de son prétendu.

(*Barbarismus rentre.*)

SCENE III.

MELVILLE, FLORIVAL.

MELVILLE.

Le rusé vieillard ! ah ! si je pouvais. . . .

FLORIVAL.

Le tromper, rien de plus aisé.

MELVILLE.

Comment ?   FLORIVAL.

(*Haut.*) Oui, mon cher, faisons un arrangement ensemble.
Barbarismus a promis la main de Victorine à un autre qu'à
nous, commençons de concert, par rompre le mariage qu'il
projette, et convenons ensuite que l'un de nous cédera toutes
ses prétentions à l'autre, à certaines conditions.

MELVILLE.

Quelles sont-elles ?

FLORIVAL.

Barbarismus , soupçonneux et vigilant, rode sans cesse
dans sa maison dont il ne sort que rarement, et avec la
clé dans sa poche; convenons-donc que celui qui, aux yeux
de Barbarismus et de son rival, entrera dans cette maison,

et pénétrera jusques dans la chambre de Victorine, sera celui qui, dans le cas où Barbarismus consentirait à donner sa nièce à l'un de nous, obtiendra la main de celle que nous adorons de concert.

MELVILLE.

Je souscris de grand cœur à cette proposition.

FLORIVAL.

AIR : *Ah! Ninon qu'elle âme.* (de Scarron.)

PREMIER COUPLET.

Soyons fidèles à notre promesse, jamais,
Détour ni bassesse,
A notre promesse soyons fidèles :
Jamais détour ni bassesse
Ne suivent un français,   (*bis*)
Toujours d'accord, toujours unis,
Quoique rivaux, soyons amis.

Ensemble. { Toujours d'accord, toujours unis,
           { Quoique rivaux soyons amis.

MELVILLE.

DEUXIEME COUPLET.

Si de mon amie,
J'obtiens la main en ce jour,
Je suis pour la vie
Fidèle au dieu d'amour,   (*bis*)
Toujours d'accord, toujours unis
Quoique rivaux soyons amis.

Ensemble. { Toujours d'accord, toujours unis,
           { Quoique rivaux soyons amis.

MELVILLE. (*à part.*)

Je crois appercevoir Victorine. Ah! si Florival pouvait s'éloigner. FLORIVAL. (*à part.*)
Il a l'air inquiet.

MELVILLE. (*à part.*)

Je voudrais la prévenir de mon arrangement avec Florival, afin qu'elle pût se tenir en garde.

FLORIVAL. (*à part.*)

Il parle seul. (*Il apperçoit Victorine.*) Ah! j'entrevois la cause de ses distractions. Profitons de la circonstance. (*Haut.*)
je crois, mon cher Melville que tu crains que je ne réussisse.

MELVILLE

MELVILLE.

Oui, vous êtes pour moi un rival redoutable.

FLORIVAL.

La dot de Victorine te conviendrait bien, n'est-il pas vrai; car, pour sa personne, on m'a assuré de bonne part que tu ne l'aimais guères, (*à part.*) Elle m'a entendu, bravo.

MELVILLE.

Quoi Florival, vous pourriez penser,

FLORIVAL.

Pourquoi pas.

AIR Nouveau de M. Wich.

Si l'on épouse une beauté
C'est par amour pour sa fortune,
Cet usage est accrédité,
Il est chez nous chose commune.
Si l'abeille aime les odeurs
Des arbustes portant la rose,
C'est pour tirer le suc des fleurs,
Que sur eux elle se repose.

MELVILLE.

Quoique vous puissiez dire, j'ose vous affirmer que l'homme qui ne s'unit à celle qu'il feint d'aimer, que par amour pour son bien, ne mérite que le mépris.

FLORIVAL.

Je devine pourquoi vous étalez de si beaux sentimens, vous espérez que Victorine est là qui nous écoute.

MELVILLE. (*à part.*)

L'aurait-il apperçu.

FLORIVAL. (*à part.*)

Feignons de nous retirer et revenons écouter leur conversation. (*Haut.*) Ah ça, Melville, tu sais nos conventions, rompre l'hymen, et entrer en présence du tuteur et de son rival. MELVILLE.

A qui l'autre cédera ses prétentions; (*à part.*) j'entrerai.

FLORIVAL.

C'est dans l'ordre. (*à part.*) Je le tiens. (*Haut.*) Sans adieu. (*à part.*) Ah! Mademoiselle Victorine, je vais savoir si vous préférez mon rival.

(*Florival s'éloigne et revient promptement se cacher dans son pavillon pour épier Melville et Victorine.*)

SCÈNE IV.

FLORIVAL *caché.* MELVILLE, VICTORINE, (à sa fenêtre.)

MELVILLE,

Il est éloigné, bon, appelons-là. Victorine.

VICTORINE.

Je n'ai pas perdu un mot de votre conversation. Ah! Melville, avez-vous bien pu lui promettre de renoncer à moi, s'il trouvait les moyens de s'introduire jusques dans ma chambre. MELVILLE

Ne crains rien.... Je suis sûr de le prévenir.

VICTORINE.

Je l'espère, mais si vous n'y parvenez pas.

AIR : *Du vaudeville du tableau en litige.*

Je vous aime plus que ma vie,

Mais quand mon oncle ordonnera

Que par son nœud l'hymen me lie,

Soudain mon cœur obéira.

Alors je ne pourrais sans crime

Vous préférer, car entre nous

Femme qui prétend qu'on l'estime

Doit ne chérir que son époux.

FLORIVAL. (*à part.*)

J'avais bien raison de la croire vertueuse.

MELVILLE.

Barbarismus m'a dit qu'il t'allait proposer un mari, qui te plairait, te l'a-t-il nommé?

VICTORINE.

Oui, c'est lui qui veut m'épouser.

MELVILLE.

Ton oncle? VICTORINE.

Il dit qu'il est encore assez jeune pour faire le bonheur de son épouse.

FLORIVAL. (*à part.*)

Oh! je l'en défie.

MELVILLE.

Et tu ne vois aucun moyen de déjouer son projet.

VICTORINE.

Si vraiment. MELVILLE,

Eh! bien apprends-le moi.

F L O R I V A L.

Écoutons et profitons.

V I C T O R I N E.

Avant la mort de ma mère qui me laissa entre les mains de mon oncle, avec vingt mille francs de rente, dont il doit jouir de la moitié, jusqu'à mon mariage; Barbarismus avait aimé une orangère appellée Mademoiselle de Malthe.

M E L V I L L E.

Je la connais. **V I C T O R I N E.**

Et lui avait même fait une promesse de mariage; depuis l'époque où je suis sous sa tutelle, il a fait tous ses efforts pour se dérober à ses regards, et y est parvenu. Il faut donc, (si toutes fois mon avis vous paraît bon), que vous couriez informer Mademoiselle de Malthe, du dessein de mon oncle, afin qu'elle vienne réclamer les droits qu'elle a à sa main.

M E L V I L L E.

Ton idée me plaît, et je vais la mettre à exécution.

V I C T O R I N E.

Mon tuteur m'enferme pour que je ne puisse te parler, et malgré ses précautions nous formons un plan d'attaque.

M E L V I L L E.

Cela ne doit pas t'étonner.

A I R : *Lise épouse l'beau Germance.* (de Fanchon.)

P R E M I E R   C O U P L E T.

Séparé de toi ma chère,

Grâce à l'enfant de Cythère ,

Nous trouvons le vrai moyen

De rompre un affreux lien.

C'tespace te désespère ,

Moi je me ris de cela ,

L'amour quand il est sincère ,

N'connait pas ces distances là. (*bis*)

V I C T O R I N E.

D E U X I È M E   C O U P L E T.

On dit que l'amour en France

Sait rapprocher la distance ,

Et que l'hymen est le prix

De deux amans bien épris :

Com'notre amour est sincère

Cupidon qu'aime fort cela

Raccourcira je l'espère ,

Sous peu d'temps c'te distance là. (*bis*)

FLORIVAL. (*à part et toujours caché.*)

A mon tour maintenant.

TROISIÈME COUPLET.

Une chaîne fortunée,
N'est pas celle de l'hyménée,
Avant ce temps deux amans,
Se jurent d'être constans.
Sont-ils époux ? par prudence
L'un et l'autre après cela,
Se séparent, l'inconstance
Allonge c'te distance là. (*bis*)

VICTORINE.

Quelqu'un nous écoutait ; je me retire.

MELVILLE.

Je cours chercher Mademoiselle de Malthe.

(*Victorine referme sa fenêtre et Melville sort.*)

SCÈNE V.

FLORIVAL, *seul.*

Ah ! ah ! Mademoiselle Victorine vous ne m'aimez pas, cela ne m'empêchera pas de faire tous mes efforts pour vous épouser, et pour rompre le plan de Barbarismus.

AIR : *Qu'on est heureux de trouver en voyage.* (des Visitandines.)

Qu'on est heureux de tromper dans la vie,
Les ennemis des plus tendres amours.
Viens à ma voix trop aimable folie,
Viens à ma voix, j'implore ton secours,
C'est par toi que femme jolie
A l'art d'enchaîner tous les cœurs
Par toi le chemin de la vie
En tout temps est semé de fleurs
Il est par toi semé de fleurs.

C'est toi que l'amour prend pour guide
A Paris c'est toi qui préside ;
C'est enfin toi qui des époux
Sait couvrir les regards jaloux.
Qu'on est heureux de tromper dans la vie. etc. etc.

Hâtons-nous de découvrir à Barbarismus, ce que médite Melville, et par ce moyen rendons-nous le favorable. (*Il appelle.*) M. Barbarismus?

SCENE VI.

FLORIVAL, BARBARISMUS, VICTORINE, *à sa fenêtre.*

FLORIVAL.

M. Barbarismus, arrivez-donc.

BARBARISMUS. (*à part.*)

Voudrait-il me jouer quelques mauvais tours; méfions-nous de lui. (*Haut.*) Que voulez-vous de si pressé. *Audio te.*

FLORIVAL.

Je veux vous prévenir d'un complot horrible qui se trame contre vous. BARBARISMUS.

Se pourrait-il?

VICTORINE. (*à part et à sa fenêtre.*)

Mon oncle, et Florival, écoutons.

FLORIVAL.

Vous connaissez Mademoiselle de Malthe?

BARBARISMUS.

Pour mon malheur; *continuendo.*

FLORIVAL.

Eh bien, par le conseil de Victorine, Melville est allé l'instruire de l'intention où vous êtes d'enfreindre la promesse que vous lui avez faite, en épousant votre pupille.

VICTORINE. (*à part.*)

Il a tout entendu.

BARBARISMUS.

Quoi, cette petite Victorine a décelé mon secret? où l'enfermerais-je, pour qu'elle ne me nuise pas par son babil maudit.

AIR: *Du pas redoublé.*

L'on n'a jamais vu bavarder
Avec tant d'insolence.
Femme en effet ne peut garder
Un moment le silence.
Est elle en train chacun se tait.
Mais rien ne vous l'arrête...
Un vaisseau plutôt fixerait
Au fort de la tempête.

FLORIVAL.

Ah! que dites-vous-là.

AIR : *Malgré certain trait différent.* (de Florian.)

> Sexe adoré, sexe charmant
> Pardonne à sa critique amère
> Oui je l'avoue, à chaque instant
> T'entendre nous est nécessaire.
> Femmes ne croyez pas nos cœurs
> Fermez pour vous à la tendresse.
> Pourrait-on haïr qui de fleurs
> Semât toujours notre vieillesse.

VICTORINE. (*à part.*)

C'est la première fois qu'il est parvenu à dire une chose de mon goût. **FLORIVAL.**

Il paraît que vous ne vous ressentez plus des feux que Mademoiselle de Malthe vous a, dit-on, inspirés? Elle a pourtant quelques agrémens.

BARBARISMUS.

Il est vrai.

AIR : *Ce mouchoir belle Raymonde.*

> Sa bouche est une cerise,
> Son bras est d'un beau contours,
> Sa figure, (c'est franchise)
> Offre deux pommes d'amour.
> Mais elle est toujours maussade,
> Sa voix donne le frisson :
> Son esprit est un fruit fade,
> Et son humeur un citron.

Oui, mon cher Florival, elle est tellement revêche que je n'hésite pas à vous faire le sacrifice de ma flamme pour Victorine, si vous parvenez à retirer des mains de cette mégère, l'écrit qui me condamne à devenir son époux. *Dixi.*

FLORIVAL. (*à part.*)

Il est à nous. (*Haut.*) Qui me répondra de votre parole?

BARBARISMUS.

Vous en douteriez.

FLORIVAL.

Cela m'est permis.

AIR : *Avec vous sous le même toit.*

N'avez-vous pas fait le serment
 A de Malthe d'être fidèle ?
 Et ne vois-je pas à présent
 Que vous voulez rompre avec elle.

BARBARISMUS.

Devez-vous craindre sans erreur,
 Pour ce que de vous je réclame.
 Quand votre garant est ma peur
 Que De Malthe ne soit ma femme.

Cependant, puisque vous avez quelques craintes, entrons chez moi, je vais m'engager plus positivement. (*Il va pour entrer.*) Oh ! étourdi, étourdi, vous m'avez tellement pressé tout-à-l'heure, que j'ai fermé ma porte, et laissé la clé en dedans. VICTORINE, (*à part*).

Surcroît d'embarras qui nous fera gagner du tems.

FLORIVAL.

Victorine ne peut-elle vous ouvrir ?

BARBARISMUS.

Impossible. Elle est enfermée dans sa chambre, heureusement que j'ai la clé dans ma poche, et que pendant mon absence elle ne pourra sortir.

VICTORINE, (*à part*).

N'en juré pas.

FLORIVAL, (*à Barbarismus qui va pour sortir*).
Où courez-vous ?

BARBARISMUS.

Chez un serrurier. Vous, pour ne pas perdre de tems, allez chez mon notaire et faites dresser en attendant mon retour, la promesse que vous exigez ; j'aime encore mieux ne pas être l'époux de celle que j'adore, que de m'unir à celle je ne saurais aimer. (*Il sort.*)

FLORIVAL.

Faisons diligence. Muni de la promesse de Barbarismus il ne me restera plus qu'à entrer en présence de Melville et je suis certain d'y réussir. (*il sort.*)

SCENE VII.

VICTORINE, (*à sa fenêtre*).

Ils sont déjà loin. Je tremble de les voir revenir. Si je pouvais prévenir Melville ! Peut-être tirerait-il parti du seul

moment qui nous reste, pour me ravir à ses rivaux. Oncle
barbare, je te déteste Il craint d'épouser Melle. de Malthe
parce qu'il la trouve trop acariâtre ? mais je puis
l'assurer que si je suis forcée de m'unir à lui ou à Florival, je serai cent fois plus méchante qu'elle. Je prétends
même qu'il n'ait pas un jour de repos.

Air : *Des adeptes d'un grand renom.*

Car si je l'épouse un jeudi,

Je commanderai vendredi,

Samedi j'aurai carte blanche,

On m'obéira le dimanche,

Les lundi

Mardi

Mercredi

Il fera tout ce que je dis.

Oui par le nez, ainsi je vous le mène,

Tout le long, le long, le long de la semaine,

Tout le long, le long de la semaine.

J'entends quelqu'un. Serait-ce Melville ?

SCENE VIII.

**Melle. de MALTHE ; MELVILLE ; VICTORINE, (à
sa fenêtre).**

Melle. de MALTHE.

C'est y ben possible, c'que vous m'dites-là. Comment,
ce vieux enragé d'Barbarismus songerait à s'appareiller
avec une jeune innocente, tandis qu'il m'a fait une promesse d'm'épouser, sur papier timbré encore.

MELVILLE.

Rien n'est plus vrai. Ah ! Victorine, voici mademoiselle,
qui est déterminée à faire valoir ses droits.

M.elle de MALTHE.

Certainement que j'la suis déterminée ; dites-donc, mon
jeune homme, c'est y stella qui a donné dans l'œil d'mon
Adonis.

VICTORINE.

Oui, mademoiselle.

M.elle de MALTHE.

Je l'crois sans peine. Vous êtes assez jolie pour tourner
la tête à s'tila qu'en a une ni pus ni moins qu'une
girouette.

Air :

AIR: *Du haut en bas.*

Du haut en bas
Vous me semblez faite pour plaire;
Du haut en bas
Je vois en vous plus d'un appas.
A l'objet d'votre ardeur sincère,
D'samours vous paraissez la mère
Du haut en bas.

MELVILLE.

Ton oncle est-il chez lui?

VICTORINE.

Non sans doute. Apprends ce qui vient de nous arriver. Florival, qui avait entendu notre conversation, en a informé mon oncle qui lui a promis ma main, s'il parvenait à retirer ma promesse des mains de Mademoiselle.

Mlle. de MALTHE.

La retirer? Ah! bien oui; nous verrons: la retirer? Son latin ne lui en donnera pas les moyens, toujours?

MELVILLE.

Où sont-ils maintenant?

VICTORINE.

Barbarismus ayant fermé la porte, après avoir laissé la clé en dedans, n'a pu rentrer, ni moi venir lui ouvrir, puisque ma chambre a plusieurs serrures; et qu'il a grand soin de les fermer exactement et d'en prendre les clés toutes les fois qu'il sort. Il est allé chercher un serrurier, tandis que Florival se rend chez M. Griffon, le notaire voisin, pour faire faire la promesse qui lui adjuge ma main, si toutefois il réussit à rompre l'hymen de mon oncle avec Mademoiselle.

Mlle. de MALTHE.

Voyez donc ce chien d'apostat, qu'il y vienne: non mais je n'dis qu'ça, qu'il y vienne.

AIR: *Une fille est un oiseau.*

Y verra si j'suis d'ces gens,
Qu'on fait aller Dieu sait comme,
J'saurons m'défende contre un homme
Qu'est parjure à ses sermens.
A vous sout'nir j'somme prête.
Y croit qu'sa noce s'apprête;
Mais je troublerons la fête.

(18)

J'vous en faisons le pari.

Je le savons rien n'l'arrête ,

Qu'il soit méchant ; à sa tête

J'veux qu'on reconnais'e mon mari.

Eh ! bien , mon fils , quoiqu't'as donc, te v'la tout comm'un queuq'zun de triste ?

VICTORINE.

A quoi donc pensez-vous, Melville ?

MELVILLE.

Florival , (m'as-tu dit), est allé chercher M. Griffon.

VICTORINE.

Oui.   MELVILLE.

Et Barbarismus voudrait avoir un serrurier.

VICTORINE.

Sans doute.   MELVILLE.

Eh ! bien ma chère, je t'épouse aujourd'hui même.

Mlle. de MALTHE.

Et comment donc.

MELVILLE.

Écoutez-moi. M. Griffon, dont mon père était l'ami, dîne à deux pas d'ici, avec plusieurs de ses connaissances ; ainsi Florival ne l'aura pas trouvé chez lui ; je vais l'engager à venir dans ces lieux avec un contrat qui , s'il peut être signé par Barbarismus, m'assurera la possession de ma charmante Victorine.   VICTORINE.

Tout va bien jusques-là, mais comment déterminer mon oncle à y apposer sa signature ?

MELVILLE.

Ceci me regarde. C'est aujourd'hui jour de fête, Barbarismus n'aura pas trouvé le serrurier qu'il désire, et je vais..

Melle. de MALTHE.

Voyons, dites-nous un peu la géographie du chemin que vous allez faire.

MELVILLE.

Tu te rappelles que j'ai différens costumes, que des acteurs de ce pays laissèrent à mon père, ne pouvant le payer, ils vont me servir merveilleusement.

VICTORINE.

Comment ! tu veux....

MELVILLE.

T'épouser.   VICTORINE.

Mais mon oncle.

MELVILLE.

Signera ; laisse-moi faire , te dis-je , et rapporte-toi à ton amant.   **Melle. de MALTHE.**

Y m'paraît si sûr de son fait , que j'suis tentée de le croire.

AIR : *Vous retrouverez Adèle.* (de Fanchon.)

VICTORINE.	M.elle de MALTHE.
Soyez prudent je vous prie,	Mon cher enfant je vous prie
Songez qu'une étourderie	N'faites pas d'étourderie,
Pourrait nous perdre en ce	Songez qu'la moindre en ce
jour,	jour,
Pour guide prenez l'amour.	Pourrait nuire à votre amour.

MELVILLE.

Ne craignez rien, je vous prie,

Je sais qu'une étourderie

Pourrait nous perdre en ce jour,

VICTORINE.

Pour guide prenez l'amour.

ENSEMBLE.

VICTORINE.	MELVILLE.	Mlle. de MALTHE.
Le bonheur de Victorine	Le bonheur de Victorine	Le bonheur de victorine
De votre adresse dépend,	De mon adresse dépend,	De ton adresse dépend,
S'il est vainqueur on devine	Si je triomphe on devine	Si t'es vainqueur on devine
Qu'au retour ma main l'attend.	Qu'au retour sa main m'attend	Qu'au retour sa main t'attend.

VICTORINE.

N'oubliez pas Victorine.

ENSEMBLE.

Fidèle au moindre serment,	Recevez-en le serment ,	Il gardera son serment ,
Sois sûr que de Victorine	Quel bonheur ! de Victorine	Pisqu'il sait que d'Victorine
Au retour la main t'attend.	Au retour la main m'attend.	Au retour la main l'attend.

(*Melville sort.*)

SCÈNE IX.

VICTORINE (*à sa fenêtre.*) Mlle. de MALTHE.

Mlle. de MALTHE.

Dites donc, la belle enfant , c'n'est donc pas d'votre propos délibéré que c'chien d'Barbarismus veut vous épouser.

V I C T O R I N E.

Bien au contraire.

Melle. de M A L T H E.

En ce cas, laissez moi faire ; il en verra de cruelles avant
qu'il soit peu.

A I R : *Ah ça v'la donc qu'est bâclé.* (de Jérôme et
Fanchonnette, de Vadé.)

> Consolez-vous, mon tendron;
>
> J'vous parlons avec franchise.
>
> Malgré que ce biau garçon
>
> Aime beaucoup la friandise ;
>
> Vous ne s'rez jamais à lui ,
>
> Dussai-je l'étrangler aujourd'hui. (*bis*)

V I C T O R I N E.

Comment vous remercier de tant de bontés ?

Melle. de M A L T H E.

Jour de Dieu ; c't'homme - là m'passerait devant l'bec ?
Oh ! qu'non pas ; il ne m'aura pas fait pour rien une promesse détaillée dans toutes les formes de l'esprit et de la
sensualité.   **V I C T O R I N E.**

Vous avez raison, il faut....

Melle. de M A L T H E.

Qu'il m'épouse. J'l'avons mis dans ma tête ; et j'dis qu'il
faudrait avoir l'fil pour l'en ôter.

V I C T O R I N E.

D'ailleurs ne devrait-il pas se trouver trop heureux.

Melle. de M A L T H E.

Je l'crois bien ; j'pourrons un jour avoir autant d'mon-
naie qu'lui dà ; mon p'tit commerce ne laisse pas que de
m'rapporter ; de plus ,

A I R : *Du vaudeville de Claudine.*

> J'avons conçu l'espérance
>
> D'un bel établissement.
>
> Oui, dans peu de temps je pense
>
> J'saurons attirer l'echaland.
>
> Au pont des arts, chose claire,
>
> On dit que c'commerce va bien ,
>
> Car rien n'est plus ordinaire
>
> Que d'y voir des gens de bien.

V I C T O R I N E.

Je compte sur vous.

Melle. de MALTHE.

Qu'il y vienne c'bel oiseau, vous verrez com' j'vous l'plu-merons.

VICTORINE.

Je commence à croire qu'il ne pourra fuir le sort que vous lui réservez.

Melle. de MALTHE.

S'il m'échappait, c'est qu'il aurait la poigne forte.

VICTORINE.

Au surplus, ce que vous lui gardez avant, moi je le lui garde après. Ainsi, il n'y gagnera pas s'il persiste.

Melle. de MALTHE.

A la bonne heure. V'la c'qu'on appelle du courage. Mais j'entends quelqu'un; c'est sans doute Barbarismus. J'vais me cacher pour voir c'qu'il a dans l'âme, et puis après j'nous montrerons, et j'vous réponds du poste.

(Elle se cache à droite.)

SCÈNE X.

VICTORINE, (*à sa fenêtre.*) BARBARISMUS, Melle. de MALTHE.

BARBARISMUS.

C'est aujourd'hui fête, Monsieur, mon mari n'est point chez lui; ni moi non plus, Madame, je ne suis pas chez moi, et c'est pour cela que... J'ai l'honneur de vous saluer, Monsieur; et en disant ces mots, la serrurière me ferme poliment la porte au nez. Quel parti prendre? Passer par la fenêtre me conviendrait assez; mais je crains. *Sed timeo.*

AIR : *Du vaudeville de l'intrigue sur les toîts.*

> Souvent on voit à la fenêtre
> Grimper un jeune homme charmant.
> Si l'on m'y voit monter peut-être
> On me prendra pour un amant :
> Et si pour combler ma misère,
> Je glissois, je ferais un saut....
> Plus d'un homme tombe par terre,
> En voulant s'élever trop haut.

VICTORINE, (*à part.*)

Fermons la croisée.

Melle. de MALTHE.   (*à part.*)

Je ne sais qui me tient, que je n'le dévisage.

BARBARISMUS.

J'ai encore dans ma poche la clé de ce bûcher, ouvrons-le, j'y trouverai une échelle, qui, toute réflexion faite, pourra m'aider à monter chez Victorine. La voici, cette clé, et voici celle de l'appartement de ma pupille.

AIR : *Ah! s'il a toujours conservé.* (de l'amour à l'anglaise.)

La clé du séjour bienheureux
A St. Pierre est dit-on remise,
On n'y voit que gens vertueux
Aimant l'honneur, et de la franchise.

(Il montre sa clé.)

Du paradis il est bien clair
Qu'elle n'ouvrirait pas la grille,
Car je suis portier de l'enfer,
Etant le gardien d'une fille.

Melle. de MALTHE.

Il est joli, l'compliment: patience, patience, il me r'vaudra ça.

BARBARISMUS.

Allons, entrons. *mea voluntas fiat.*

Melle. de MALTHE.

Oh ! la bonne idée.

BARBARISMUS.

M'y voici.

Melle. de MALTHE.

Et pour long-temps. (*Elle referme la grille dont elle met la clé dans sa poche.*) Mademoiselle Victorine, il est pris, rien qu'ça. — BARBARISMUS.

Eh ! bien, qu'est-ce que cela veut dire.

Mlle. DE MALTHE.

Que tu n'sortiras d'là qu'après avoir signé le contrat d'not' union réciproque.

BARBARISMUS.

Jamais.

Mlle. DE MALTHE.

Comment jamais! C'est-y à toi, vieux hibou, à faire tant l'difficile, quand il s'agit d'sunir à une femme dont la vartu est pure comme une glace.

BARBARISMUS.

Ah ! de grâce cessez.

Mlle. DE MALTHE.

Que j'cesse moi, que j'cesse ; tu sais bien que c'n'est pas l'usage d'mon sexe.

VICTORINE (*à part.*)

Melville ne revient pas.

Mlle. DE MALTHE.

Mais apprends moi donc les motifs de ton insensibilité pour mes appas.

BARBARISMUS.

C'est votre caractère.

Mlle. DE MALTHE.

Mon caractère. Allons, ma fille, n'faudrait-il pas faire à Monsieur l'énumération d'tes qualités, pour l'mettre dans son tort.

VICTORINE.

Comme elle s'en donne.

Mlle. DE MALTHE.

Eh ! bien, répondras-tu ? laisseras-tu s'égosiller une pauvre p'tite femme à qui t'a causé tant d'chagrins, pour rech'viller l'amour dans ton ame.

BARBARIMUS. (*à part.*)

Feignons pour sortir d'ici. (*haut*) Eh bien, ma chère, je veux bien tenir ma promesse. Je vous épouserai, *meâ culpâ.*

Mlle. DE MALTHE.

Qu'est-ce que tu veux dire avec ton *meâ culpâ.?*

BARBARISMUS.

Allons, ma chère, ouvrez-moi la grille.

Mlle. DE MALTHE.

Quand not'contrat sera signé.

BARBARISMUS. (*à part.*)

Elle n'en démordra pas.

VICTORINE.

Ah ! voici Florival.

SCENE XI.

LES PRÉCÉDENS, FLORIVAL.

FLORIVAL.

Je n'ai pu trouver le notaire.... Eh ! quoi, mon cher, par quel hasard.

Mlle. DE MALTHE.

Il n'y a pas d'hasard, c'est moi, ainsi j'crois ben que je n'sommes point un hasard.

FLORIVAL.

Dit - elle vrai ?

BARBARISMUS.

Hélas oui , je suis pris eu piège.

VICTORINE.

Il ne sera pas le seul , faut l'espérer.

SCENE XII.
LES PRÉCÉDENS, M. GRIFFON.

M.r GRIFFON.

On vient de me dire que M.r Barbarismus me deman-
dait , et j'accours pour m'informer de ce à quoi mon petit
ministère peut lui être utile.

Mlle. DE MALTHE.

T'nez l'vlà c'bel oiseau ; j'lons mis en cage.

M.r GRIFFON.

Et pour quelle raison?

Mlle. DE MALTHE.

T'nez , Monsieur , voici t'une promesse qu'il m'a faite ,
et v'la t'un contrat que j'ons fait faire , auquel il ne manque
plus que sa signature pour qu'il m'appartienne parles nœuds
conjugaux.

M.r GRIFFON.

Mais , Monsieur , il me semble que vous ne pouvez vous
dispenser de remplir votre promesse, et si Mlle. le veut, je me
chargerai de vous la faire exécuter.

BARBARISMUS.

Allons , puisqu'il le faut , donnez-moi ce contrat.

VICTORINE.

Il signe , je respire.

Mlle. DE MALTHE.

Maintenant, mon p'tit mari , j'vous rends la libarté.

BARBARISMUS.

AIR : *Mon père je*

Je viens tomber à vos genoux

Avec la plus vive tristesse

De n'avoir pas (ainsi que vous),

Voulu remplir cette promesse.

Pour me punir ,

Demain, je vous l'annonce à tous,

Je vais devenir

Votre époux.

FLORIVAL.

Plaisante manière de se justifier.

Mlle. DE MALTHE.

Eh bien ! quand j'disais que j'finirions par l'empaumer, avions-je t'y si grand tort.

FLORIVAL.

Vous devez vous rappeler que vous m'avez promis la main de votre nièce.

BARBARISMUS.

Rien ne presse. (*à part*) Je perdrai dix mille francs de rente. (*haut*) D'ailleurs, Melville la demande aussi, et je dois la consulter.

VICTORINE.

Ma main sera le prix de celui qui, comme en sont convenus ces messieurs, entrera le premier dans la maison, et pénétrera jusqu'à mon appartement, en présence de mon oncle et de son rival.

SCENE XIII et dernière.

LES PRÉCÉDENS, MELVILLE, (*en serrurier.*)

MELVILLE.

On m'a dit, monsieur, que vous êtes venus me demander.

VICTORINE. (*à part.*)

C'est Melville.

BARBARISMUS.

Oui, mon ami, il faut que vous m'ouvriez cette porte.

MELVILLE. (à Mlle de Malthe.)

Ne dites mot.

Mlle. DE MALTHE.

N'crains rien, mon enfant, tu m'as fait épouser, j'te rendrons la pareille.

FLORIVAL.

Qu'avez-vous donc à vous dire ? le connaîtriez-vous ?

Mlle. DE MALTHE.

Allez, allez, c'est un habile ouvrier.

FLORIVAL.

Allons, mon cher, à l'ouvrage. Ah ! si Melville était ici

MELVILLE. (à Mlle de Malthe.)

Dites que vous venez de m'appercevoir.

Mlle. DE MALTHE.

J'viens d'voir vot'rival.

FLORIVAL.

Tant mieux: car il me verra entrer. (*à Melville*) allons, courage.

MELVILLE.

Je vous réponds maintenant de la réussite.

Mlle. DE MALTHE. (*à Victorine*)

Dites que vous voyez votre amant.

VICTORINE.

Voici Melville.

MELVILLE.

La porte s'ouvre.

FLORIVAL.

Eh ! vîte entrons ; (*il va pour enter, mais Melville ferme la porte*) Que veut dire ceci ?

Mlle. DE MALTHE.

Que c'est Melville lui-même, qui sous l'habit de serrurier est parvenu à te tromper.

MELVILLE. (*à la fenêtre*)

Vous savez nos conventions.

FLORIVAL.

J'ai perdu.

BARBARISMUS.

J'en suis charmé. Je ne suis pas le seul que l'on ait pris pour dupe. Descendez, mes enfans, je vous pardonne, et vous unis, à condition cependant que je jouirai de votre bien comme si vous étiez fille.

MELVILLE.

Qu'à cela ne tienne.

BARBARISMUS.

Et vous, M.ᵣ Florival, puisque vous avez si grande envie de travailler, que ne vous chargez-vous du soin de donner un époux à Mademoiselle.

Mlle. DE MALTHE.

Non, mon cher, c'est toi que je veux. Tu t'es donné bien du mouvement, pour empêcher ces deux mariages, eh bien donnes t'en toujours de même pour établir la paix dans ton ménage. (*à Florival*) Pour toi, mon grand garçon, il g'nia rien à faire ici, par ainsi, file.

FLORIVAL.

Non, en rival généreux je me prie de la noce, et veux faire les honneurs du festin.

VAUDEVILLE.

BARBARISMUS.

AIR: *Mais réduire l'amour en art.* (de l'intrigue sur
les toits.)

Malgré que l'on soit défiant
Et malgré qu'on ait de l'adresse,
D'une fille ou d'un jeune amant
On doit redouter la finesse.
Je suis attrapé cette fois,
Trop tard je connais ma bévue :
Rien n'est dangereux, je le vois,
Comme une intrigue dans la rue.

FLORIVAL.

Comment la femme en nous trompant
Peut-elle parvenir à plaire ?
Ce problème très étonnant
Est couvert d'un épais mystère :
Ici, sans qu'il soit dévoilé,
Je dis, en cette conjoncture :
L'esprit des femmes est la clé,
Dont notre cœur est la serrure.

VICTORINE, *au public.*

Il n'est pas un auteur, je crois,
Qui n'ait maintenant son intrigue,
Aux fenêtres et sur les toits ;
Par-tout enfin on les prodigue :
Et puisqu'on nous assure aussi
Qu'il en est qui tombe des nues ;
Ah faites monter celle-ci
Dont les autres sont descendues.

FIN.